YANGGUANG
HUIYI

# 阳光，回忆

东禾　著

漓江出版社

图书在版编目（CIP）数据

阳光，回忆 / 陈京秋著 . —桂林：漓江出版社，2015.6（2022.6重印）

ISBN 978-7-5407-7590-2

Ⅰ . ①阳… Ⅱ . 陈… Ⅲ . ①诗集—中国—当代Ⅳ . ① I227

中国版本图书馆 CIP 数据核字(2015)第 146242 号

---

阳光，回忆

责任编辑：苏子新

责任印制：杨 东

漓江出版社出版发行

广西桂林市南环路 22 号 邮政编码：541002

网址：http://www.lijiangbooks.com

销售热线：0773-2583322 0771-2506883

印制：河北浩润印刷有限公司

开本：880 mm × 1230 mm 1/32

印张：5.5 字数：150 千

2015 年 7 月第 1 版 2022 年 6 月第 2 次印刷

定价：42.00 元

---

# 东禾诗集——阳光，回忆

东　禾

东禾，本名陈京秋，男，生于1966年8月，广西恭城瑶族自治县人。研究生学历，工商管理硕士。现在广西来宾市工作，公务员，业余爱好写诗。出版过诗集《流动的季节》（漓江出版社出版发行，2011年12月），《我们格外青睐春天》（漓江出版社出版发行，2013年11月），诗歌入选过《来宾诗歌八人选》（中国文联出版社出版发行，2010年12月）。

《阳光，回忆》是作者第三本诗集，收录近年创作的诗歌170余首，愿与读者分享。在我这段时间的创作过程中，我认为，所有落魄的人都是不幸的人。同时，虽然所有活着的人都要感恩时代、感恩太阳和感恩庇护自己的国家，可是，为什么现实不能更好一些呢？哪怕一点点。生活稍稍富足一寸、秩序稍稍平衡一刻、犯罪稍稍消亡一阵、战争稍稍推迟一场……这样的设计不现实，因为现实已经比设计更优化了，不是吗？

生活的回忆远不如思想回忆那么痛苦或者甜蜜，阳光在，天一定是亮的。我是一个不安分的人，当不幸发生在自己身上而我并没有失去生命，那么我一定会知足，因为最大的不幸没有发生。可是我知道我的知足持续不了多久，所以，我满怀希望，希望将来哪一天，当我离开，当我告别，希望你——《阳光，回忆》在我身边，我更希望我能够为包括我在内的不幸的人祈福，祈福人们比现实过得好一些。

# 中 国 诗
## ——自序

生活的道路无论我们每个人怎么变着法子走，谁都只有一生时间，珍惜时光是最大的自我爱护。我们的诗表达出的诗情是何种情形？同样只有一个标签——中国诗。综合分析一些中国诗人各自不同的作品，不难发现，以“我”为中心的根性同样在中国诗人的诗中久炼为丹，长盛不衰，情形是我们观察世间万物演化为内心万物，绪结成个人心语然后吐露为快，我们所表达的是观思万物后的感慨，这千差万别的人或者诗人，以自己为中心的作品而自然有千差万别不同就不足为奇了。每人一流，各有所思，一旦是如此情形，中国诗的汇聚之力相对就会变弱，所以我们时代的诗歌主流很难形成主流。

发现近期阅读的一些翻译为中文的诗普遍有种表象，那些洋诗人，表达的诗情多集中在用诗心观察万物思考生命，然后以诗绪描绘更动感丰富的万物上（包括人本身）。每个诗人不仅表达自己的心，更多是在向外人（读者）描述他看到的另一种美、另一种风景、另一种担忧，以此吸引人人都来赞美万物（包括人），防范灾患，如此的诗发挥了什么作用呢？难道不是描绘了更好的世界、警醒了我们的未来吗？

中国诗在当今世界文化愈加相融的新时代何以才能更富有价值？值不值得我们有所思索？我们乐于并善于内敛，喜怒哀乐愁均可在我们内心被精炼，然后我们用诗的语言向外结丝，如同一只辛勤的蚕，吐出曼妙锦丝把自己美化，把自己包裹，用一粒一粒茧的形式挂在文化蚕床上。每个诗人的作品只是一枚美艳的茧，读者大众用这只茧可以干什么？干不了什么。不如我们每个诗人更多更好地去共同描绘一幅时代之画，少一些个人情绪，多一份添砖加瓦，少一些个人恩怨，多一份文化、民族和历史责任。

我把自己的业余时间花在诗歌创作上，我深知以我的文字水平和情愫表现能力所作的诗歌的局限所在，东禾的诗也许只是一把草根，红水河边上的一把草根，如果你——亲爱的读者能为它点个赞，东禾将万分感激。来宾市是红水河畔的一座新兴城市，这里有明艳的阳光，这里有种种幸福故事的回忆。

我坚信，春华并不只以名花贵草为春，秋实并不只以红叶硕果为秋，只要所有为诗倾心尽力的诗人思想纯洁、用心诚实、不争俗宠、共谱华章，中国诗总有一天会在广袤天地与春同在，与秋同高。同时，借自序的篇幅感谢关心东禾的所有朋友、亲人，感谢亲人的无私帮助和资助，感谢漓江出版社一如既往地支持，感谢张千骥书记给予的帮助，梁志等编辑人员在编校、设计、照排工作中付出心血的劳动，诗集汇编出版离不开来宾市文联、来宾市作协领导和“麻雀诗群”各位诗友的鼓励支持，在此致以衷心感谢。同时，借自序的篇幅对《阳光，回忆》作简要说明，诗集中没有以“阳光，回忆”为诗名的单独的诗，阳光在每个人的心田时隐时现，珍惜就好，回忆是一种滋味，更是一种拯救。

天下至大心可容，往事如烟书录实。祝福《阳光，回忆》！祝福中国诗！

东　禾

2014 年 12 月 16 日于来宾

# 目录

## 一把草根

## 有一节时空叫等待

## 为一条鱼想想死后

## 在秋天我总是十分孤寞

## 描述声音的话

# 一把草根

## 一把草根

下午四点
吃药
贫穷和时间都是一块石头
沉甸甸的
老拎在手里
或压在身上
我，受不了

## 岸与岸的距离

离家
没走多远
一群乌鸦在忙碌觅食
它们喜欢啄大地，沙，山峦
翅膀上的巨岩
是一幅风景
哲学家多次预言没说中一次结局

船帆
风越有劲才越充实
弯曲的风推动船
船极少靠岸
船再也无法来到岸上

那没有牵挂的夜引着星光

那失去耐心的等待引着微风
一去千里
从等待到等待
永远是
岸与岸的距离

## 献　诗

三月天，春花开
我要把诗歌献出来
你出嫁走过红地毯
我要为你轻轻吟诵东禾献诗
目送你走向华丽婚车
朝霞在那儿盛开
去吧，去到春天
一片桃林鲜花盛开
一片桃林在春天盛开
你知道我习惯沉默
多深的夜可以忍受
多痛的伤可以微笑

三月天，春花开
让我的诗歌陪在你身边
与你一起开心快乐
花童来了
稚嫩的脸庞有两个小酒窝
花童手捧鲜花

她们为你祝福
为你歌唱，为你的春天祝福
我举起酒杯
在远处与石桌碰杯
同样为你祝福
此刻我内心至少拥有两重幸福

三月天，春花开
花团锦簇
我想象摘下凌霄花
当作一个穷人送去的礼物
扎在你秀丽发际
你会不会会心一笑
给穷人的祝福一个回应
给穷人的今天一回春天

月光照到了红地毯
你轻轻抬起红鞋子
踩着夜色将要起程
在这个春天的黄昏将要起程
我忍住泪水
一直想说不要离开不要离开
但你听不到我内心祈愿

三月天，春花开
虽然我不喜欢结束
世事却总以结束告别
告别过去

告别幸福
告别回忆
告别悲伤

## 还是有一阵子迷失了自我

——江山风景依然是，城郭人民半已非（摘自《醒世之语》）

这个冬天没有下雪
没有雪的冬天
留下枯萎

这个冬天没有下雪
在屋外 屋外
仍然冰冷
走几里地
只有光秃秃的树
广告、灯杆、缩成一团的车辆
带着风的影子

这个冬天没有下雪
麦地没有长出绿油油麦苗
来年丰实或歉收
谁说了也不算
身靠杨树
我像一截木桩
裸露在大地苍茫中

我知道雪藏在远处
远处
飘动一缕白纱
这个冬天只有极少晴天
逐一燃烧
化为炊烟
天上画出一道彩虹
让冬天里的人有点缥缈

## 劫不再

三十张脸藏在身后
我累了
东南风吹来
吹倒石碑
几断为碎
散落秦地
生硬的黄土
长满无情树
我渴望今生劫不再
任历史疯长蔓延
四十年后一把野火
把这一切现实烧它个干干净净
我累了
却难以进入梦乡
却难以梦回江南

## 桥下流水

仿古石桥
留不住脚步
留不住月影
留不住心上人
小船掌握在别人舟桨中
任她漂泊吧!
用如痴如醉的目光送她离岸

## 在荒芜的夜里（十四行诗）

我们起了纷争
缘于你相信了流言
或者不明真相
而你认定那是一种事实
我曾设想的种种倾诉止于决开的堤口
因为一切都荡然无存

黑暗里我曾犹豫
可不可以伏上你肩头
等你转身
然后再小心翼翼地表达
黑夜世界
是一位女神的世界
你在那里
我无法到达

## 塔身的高度

那些因为风响起的风铃
那些因为时间而降下的高度
那些因为祈福留下的痕迹
那些因为无法攀缘而注视的目光
一层又一层
衬托空旷原野
让宁静寺院
在你边上同样尽显威严
我愿绝了一份欲望杂念
换得半层暗晦
藏在塔里
了一世功德
我的回声只在塔里回荡
我不指望谁为我开启一扇窗
扬声塔外惊醒昏暗
世人的虔诚何时才能像塔身一样的高度
重回

## 一亿年前那颗星

第四个夜晚
终于见到星星
它们在天上飞
若隐若现
当记忆清零

大漠葱绿泉水汩汩
它们在天上笑
仿佛此世间无人
一亿年前那颗星
今夜来兮
像一朵花飘落眼前
她是女神的化身
她会带来阳光和回忆

## 这纷杂的夜布满不安

夜幕降临
每每想到你在喧嚣酒吧
或者昏暗咖啡厅
流连不倦
或者某个时辰醉倒在情郎怀抱
沉睡不醒
我如刀绞的心
多么憔悴
多么忧虑
这纷杂的夜布满不安
失去秩序
而那些大人也许正浸染其中
乐此不疲

## 可　惜

对那中伤人的语言
你深信不疑
我感到悲哀
你不走开些
却愈来愈靠近黄河
你还会干出什么样的事？

## 风伤透了我的心

风的边缘燃烧秸秆
土地焦黑
麻雀不停地闹
风有种轻易不露面目的脸
丑恶的脸
丝毫看不到同情
火大风越大
风伤透了我的心

## 时间停留在那刹那

我不会告诉你
雷电划破天空
划破手掌
敬奉天空一道霞光
锁住千年蛇妖
我不能告诉你
山丘填海，大海皈依
点燃夏季的冰
死去的神会不会复活
什刹永在
当我离开
不需要谁悲哀
从此，我和神形同路人

## 迷　途

如果你肯定你的直觉
把结局和后果挂在嘴巴上
不如让阳光透过来
晒晒阴湿的角落
除了担心还是担心
崎岖的路往往通向尽头

## 为一位亲人祭母而作

2013年1月9日
一缕淡淡霞光
透过天空
照亮黄滩河
黄滩河上的村庄
低沉悲伤
黄滩河里的流水
轻声哭唱
爱你的母亲走了
她的老伴在那寂寞路上
迎接她
也许
你的父亲母亲已经拥抱
悲喜交加

跪下吧
为母亲送行
母亲苦
头发花白
满脸悲怆
母亲累
全为儿孙
里忙外忙
跪下吧
为母亲送行
点燃大蜡烛

为她照亮安息前方
送她去到安息地方

母亲，您走了
我们深深自责

## 未　来

高楼入云
阳光普照
我在高楼西北面
开窗
打量阳光
看入云高楼
一千年前的我
坐在云端
无动于衷

因为今生的我
已经无法再次轮回
后一千年
有人身披羽翼
入云飞翔
有人身着龙装
潜海畅游
这幢楼会不会已经化作尘泥
埋着一块考古头骨

## 鸽群在空中飞远

雾霾是新概念
来了，把天空占据
养鸽人和赏花人那些无奈
从太阳不常明亮可见一斑
鸽粮放到空中
一声哨子
在雾霾中折断
天空备受折磨
有人哭丧
现代化城市充满尘埃
又没有木鱼声
又没有人帮助超度灵魂
保护花神
保护飞鸽

## 纪　实

每日的天空孤独地走来
每日的雪山孤独地耸立
每日的海洋孤独地潮起潮落
每日的江河孤独地流淌
每日的苍岭孤独地披上霞妆
每日的菊花孤独地开放
每日的每颗宁静的心孤独地深思
每日的太阳孤独地升起
每日的每颗耀眼的星星孤独地陨落
每日的家门孤独地关闭
我在每日孤独中慢慢地成长

## 西北天空飘过白云

云朵如同柔软乳房
我渴望置身宽阔胸膛
在西北停留三天
休息片刻
恢复斗志
然后起程
往北
再往北
探寻有别江南的苍劲五岭

西北

群山仰望
万里晴空的蓝天
飘过我头顶和心房的云朵
像一位新娘
盖着纱巾
行走匆匆

贯穿群山的羊肠小道
在山的尽头向我召唤
那里有更蓝的天
融化我的魂魄
龙的儿子匍匐大地
对她痴迷如醉
这里是秦川
这里是河西走廊
飘来朵朵白云
走着所有新娘
半山坐落农家小院
山梁稀疏立着白杨

## 郊外的夜，风静静地吹拂

夜风习习
今晚郊外的天空见不到星星
幸福还是悲伤的土坡
等待一场秋雨
等待过往游客停步
与它相对
或者相依
郊外
船停泊的地方
郊外
车停驶的地方
郊外是一张记忆斑斓的纸
我向往那里
那矮矮的郊外
凉凉夜风
静静地吹拂
无忧无虑
像迷人的女神来临

## 为自己留一丝欣慰

想到将来某一天
为了结束悲凉命运我将殉难
心不寒而栗
年少轻狂曾有的攀登长城的豪迈

已然随水东逝
曾有的不甘沉沦的励志苦读
已然黯淡无光
充斥欺诈的世界
富有与贫困间的壕沟
不断掘开拓宽
这样的世界非我所愿

东禾的右手健全
他的左手曾遭遇不幸
这个不幸的人
面临洪水猛兽
面临生死抉择
每个苦难看似与别人无关
一百年后
谁是谁
风轻云淡

只有今生
没有来世
想到一个人将殉难
反而在寒栗中
增添些许自豪和欣慰

## 寂寞时光

（一）
五彩石头
靠在树下
如同我放不下的热爱女人

（二）
五里地外
有东禾迷茫的足迹
流浪汉一样的足迹
忽正忽斜

（三）
扯一把狗尾巴草
把童年记忆结成草环
那不该记事的时光多么幸福
大人眼里
一切如旧

（四）
图书馆门前的长椅上
遗落的书是你的
关闭了
却暗香袭人

## 东禾与星星

我希望怎样的夜空？
无须你加以猜测
我止不住轻快的脚步
因为流星即将降临
红水河河岸空旷
没有灯却有宇宙的星
那是女神点燃的灯盏
我闭上双眼
她就在我怀抱里
慢慢燃烧
放射光芒
引领我穿越夜色
跨越宽阔河床
飞向夜空
我越来越感到自己是幸福的人
再过些时日
东禾将燃烧
去遥远星座
去赴一次永恒相约

## 你的出现带来众生繁忙无限

飞逝鱼群
喀纳斯湖
像怪
像神兽
美丽景色
常常出现在黄昏
美丽女人
常常出现在感动的心中
最好
所有人
不去打扰寂静森林
和已近尾声的美梦
最好
所有人
别因为需要发动战争

## 血　脉

背负双肩包
北方的重量沉在心底
我希望可以到北方看到无尽苍茫
山峦在北方娓娓流动
出游的人不就是为了寻找人烟和农家吗?

你去到北方

北方的丁香凌霄连翘
和小白杨迎接你
还有陌生面孔和笑容

而一个走到北方的人
一直在怀疑
北方有没有狼迹
北方有没有一座粗犷城池
代代相传

## 在夜幕关闭之前

带着你
我寻找一段无声的路
即使在郊外
我们很难看到星星

数星星成了你我的奢望
明天，这段路
会不会有人
带着梦
幸福走来

## 伤痛的烙印

凡世
怎一个醉字
能够表述
从生到死
从死到生
从失忆返回现实
虽然一生总有一次
刻骨的爱和刻骨的恨

## 为保卫尊严，较量吧

疆界是祖先踩出的脚印
国土是人民基本的尊严
神圣不可侵犯
如果真有对手要来豪取
办法只有一个
——较量

## 清白人生

不用猜忌
直截了当问好了
不注泥石流
河水才能自清

## 当稻谷熟了

一块通红的铁
被师傅点化
成为镰刀
然后凿上锯齿
成为禾镰
我低着头
把稻谷抓在手里
我和它都一言不发
每年这时我会用心收割秋天
我的根长在秋天土地里
和稻谷分享秋天深蓝
和那把锋利禾镰分享成熟的秋天

## 日出，日出

泰山之顶
众人忙碌
天总是从微微启明开始
人总是从忙忙碌碌中开始相信命运
众人四周雾海浓浓
天空星海苍茫
这种无声聚会
可能缘于十世纪之前的相约
为一睹太阳初升光彩
为一睹众神之神
人们不辞辛劳 受难 炼狱
相聚在这神圣早晨
泰山上
每颗虔诚的心
忘记黑暗
早早觉醒
天刚亮时
人心多么清纯

## 搭错车

车停下来
天上云朵没有停下来
我携带的干粮所剩无几
前方
百十里地外才是目的地
前方
似乎没有人家可让我叩扉乞宿
当年我典当爷爷的爷爷传下的木椅
豪吃晚餐
在小酒馆连醉三日
那时怎么没想到今日搭错车
受饿
饥肠辘辘
莫非真要应了那句老话
早知今日何必当初

# 七月稔子熟了

七月
火辣辣

想到稔子
黑汁汁的
挂在干旱半坡稔子树上
像我钟爱的女人
我忍不住想去拥抱她
和她接一个长吻
染黑嘴唇
湿润嘴巴

七月
火辣辣

一捧野果
令人心满意足

## 二十一世纪

用茅草挽个结
把我卖了吧
我会成为商人手下杰出的佣人
举世无双
任主人差来使去
我早期获得的学位学历完全可以放弃
忽略不计价值
不用给我最低工钱
只求雇主
把我买走

## 迟

今生
出远门不能太久
更不能太远
没有哪儿比来宾市更好
来宾有属于我自己的房子
来宾有一行像诗歌的树
今生
别指望有人了解你
因为连你自己也不了解自己

## 时钟的某一刻

凌晨一点
是我的灯
是我的稿纸
是我勤劳的手
是我喷涌的思泉
是我似睡非睡要跨过的界碑

## 秋　梦

秋天
是我不忍心抛弃的孩子
朝霞是一张红扑扑的脸
蓝天是孩子的眼睛
满地成熟的果实是蓝天的小手
飞过的大雁是秋天的梦幻情人
丰满的粮仓是秋天的温床
高悬的明月是秋天的牙齿
缺了又长了出来

# 我只是一位普通农民

兑下谷粒
把一捆又一捆禾草堆成城堡
村子便到了秋末
不是每天我都可以随时生火做饭
守旧的我
更多只会把粮食藏到木楼上
夜晚睡在它们身旁
不允许任何人任何老鼠
打扰它们睡眠
我不打算用粮食换铜钱
我琢磨着明年五月
会青黄不接
会遍地饿殍
我有座早年砌起来的灶膛
为将军烧过水煮过米饭
为逃荒人熬过野菜汤
谷垛的禾草要喂牛和马
如果冬天实在太寒冷
我还要用它们垫背保暖
我高大的形象
像不像那株驼背苦楝
长在陈旧的村庄旁边

## 另一半是东禾

方圆几公里
唯一亮着的灯
是一盏写诗的灯
东禾的灯
我问道
我雕琢这些孤独的句子
整理为诗行
究竟为什么？
我睡了
东禾不愿睡
东禾心思复杂
并非没有理由
只不过四十年
东禾也曾迷茫
我想要回到后方去
而东禾却坚持在前线
继续战斗

## 我们心甘情愿做城市的奴隶

群山奔跑
城郭无限延长
毁掉的巢撒落一地
桥梁连通里外两界
东风吹拂
百米大道鲜花盛开
雄伟的雕塑立在河岸旁
城市车水马龙
每天都有一个节日
却从不供奉树神和山神

我们放弃神的传说
庙宇尚在
香客不断
红墙依然高深
我们对她另眼相看
群山内外死去的生灵
升了天
无人祭拜

我们只相信自己的存在
城市与城市互相拥有
手搭着手
群山逃亡
无人理会
原始森林被大火毁灭

人工林取而代之
天可以翻
地可以覆
我们的城市主宰一切
城市至高无上
这辈子
我们只是城市的奴隶
被卖来卖去
像它的牛和驴
还不享受老祖宗定下的
放养待遇
却心甘情愿

# 有一节时空叫

# 等待

## 有一节时空叫等待

英雄凯旋
大风漠漠
卷起九尺浪
让我去给英雄敬献礼物
漂洋过海去
乘独木舟去
花掉毕生全部积蓄
求一束时光鲜花
献给英雄
他在众山之巅微笑
我是献花小童
天真稚嫩
想象着那一天
王者归来

## 再痛一次

一团火焰烧了我的手
我疤痕累累的手至今仍在灼痛
而铅封岁月的痛没有人知晓
历史是出土的文物
表面有时光亮
有时暗晦
有种伤疤永不消失
揭一次
再痛一次

## 秋日私语

菊花
秋天的乳房
比春天其他的花更饱满
朝向蓝天
或掩隐在郊外荒坡灌丛中
秋天
像被爱过的女人的乳房
韵味十足
还
野性十足
天高了
花更珍贵
人老了
情更悠长

## 沉　默

删除你的短信
拒收你的问候
让红水河见证一位诗人
不争气的外貌
渐渐变老
或者已经苍老
而他年轻的心脏
仍然可以与你斗气
争锋
他不再是你昔日的朋友
他要抛却行囊
远离你
远离现实

# 悔　过

原以为那片森林
松茸、野鹿和泉水穿戴整齐
等着我到访
原以为
会有人从远方给我致电
告诉某个好消息
原以为他们开动铲车
把我的房子断手断脚
收缴归公
原以为长江还有江豚依傍轻舟
欢快畅游
原以为美梦成真
我不再贫穷
我不再与青春斗气

## 忧　伤

我风华正茂
满怀忧伤

纯洁的夜才有星星
三五颗炫亮的星向我走来
却相逢无缘

人间，人密密麻麻
政客、时评家、商人、失业者、闲汉
成行成列一一上台

舞台上喜剧悲剧都不重要
人间真情啊，不可缺！

我风华不再
仍然满怀忧伤

## 圆点的圆点

朋友
请把我生命的时钟调整到零时零分
这样
可以让我安心度过一生中最后一秒
可以让我从整点
开始
飞向
另一个世界

## 不可以对你说的

靠近我
稻浪一般的成熟涌来
你令我眩晕
山在燃烧
河流在燃烧
我
拿稳了火炬
才没把自己和你一起燃烧

## 给自己保持一点距离

低着头
虽然看到肮脏路面
但是
至少
我的目光
避免了猥琐的事和人
美与美之间
总有一段距离

## 有一个传说

巨蟒伏在独木舟上
漂过秦岭
漂过太行山
漂过八百里秦川
终于在罗布泊变身
它的巨鳞是一片沙漠
它的头正对宇空
右边那只眼是太阳
左边那只眼是月亮
它慵懒的身体无限蜷缩
高高隆起挡住河流和寒风
护卫在海洋四周
让她安安静静生儿育女
海洋最小的儿子

开始咿呀学语
谁的明天
都是一个传说

## 武　侠

群英荟萃
华山之巅群英荟萃
所有的英雄
你知道
不问出处
只要一本秘籍
只要一套盖世的神秘的石刻
最好先入石棺然后重生
而这一切
多么虚幻
全源于口口相传的行侠仗义

群英荟萃
华山之巅群英荟萃
现实的苍白容忍了一场又一场的决斗
你啊，作为看客来这里
目睹英雄虎虎生威　拳打江湖　脚踢五岳
最后轰然倒地
你啊，会不会伤心欲绝
会不会隐姓埋名

## 献给森林

火舌生花的年头
无人再相信巨树传说
除了我
因为我信奉一颗岩石脑袋

夜在你最深最美的颜色里
游荡
寻觅花朵
而你信奉的那只鹰
据传说
当它尖唤的鸣叫传远
穿过你最深最美的颜色
比夜还深的颜色
一定在别处
还有一只鹰
所以
黑暗中的人
千万不要绝望

## 西北风

红色天空流淌红色河流
骏马奔腾
往天的尽头而去
那里人烟稀少
旷世宁静
缺少生命厮杀
只有少量草
只有裸露的砂岩
雄鹰飞过
把山抓在脚下
把骏马留下
在天尽头
收住太阳
留一晚深黑夜空
盛纳寒冷的西北风
寒冷大地
寒冷我

## 绿彩陶

一枚枕着枕头的石头
传出红水河浪花拍打河床的笑
千万年长寿的河
漩涡下藏着倔犟顽童
任凭岁月摩挲
现在
我正端详他嫩绿的面庞
同时迫切地想
揭示他细腻的内心世界

注：绿彩陶，产于广西来宾合山市的一种观赏石，绿艳若瓷。

## 教　化

不敢相信你竟然是如此的人
莽撞无礼自以为是
守旧不化不听教义
杏坛你不尊重
圣言你不信奉
挑剔美食享受温室
不参与劳作不知五谷何物
不知感恩不循朝纲

不敢相信你竟然是如此的人
抱怨天不逢时投错了凡间

做每单生意你都绞尽脑汁计算得利
而做每项事务却从不精打细算
貌似好人欺骗善良同事
工作不多却总嫌领取俸禄太少
建议你回你的老巢
跳那曲大神去吧

## 黑色桃符

经历岁月
经历与妖决斗
无数次
数不清
妖气浸染愈重
桃符神色愈浓
法师念过咒语
它静如处子勇敢宣示
何方妖怪
本官在此
受降吧！

# 森林之死

《诗经·小雅·节南山之什·小弁》语：“民莫不穀，我独于罹。”

中午
风死了
阳光病了
正发高烧
全身滚烫
跑道、停机坪和冲向空中的飞机
冒出青烟

九月还在干旱
稻田裂开土
那急迫的农夫
斜靠锄把
眼巴巴望着缺水河床
在阳光底下抹汗
科学家使用每秒运算万亿次的计算机
试图破解地球炎热的症结
而数以百万计的工人和技师
涌向丛林
他们抬起森林的尸体
脸露笑容
像狩猎归来的群英

中午

九月
雨死了
森林死了
东禾死了

## 在春天的一个早晨

还我酒杯
还我灿烂笑容

春风扑面
万山吐春

庆祝的季节
怎么能把自己锁在忧伤中

我曾是自由人
一位骑马王子行走天下

鹰飞在半空
专注大地

它坚硬的翅膀
张开

张开
全然不顾低沉乌云

春雨渐渐
春风扑面

万山吐春
我哭不出声

我丢失的孩子
你在哪里哭泣？

## 致卖玉的小女孩

圆脸
弥勒佛
笑口常开的佛
我的护身符
笑眯眯端坐眼前
心中面向众佛庄严的金身
但我坚持不让他为我指点迷津
这不断成熟的路啊
谁走都一样
该弯就弯
该陡就陡
只有中午
阳光普照
靠近你
我靠近佛

## 致蓝天白云

（一）
我需要无拘无束的呼吸
我需要走进来世之前
光临一座轰轰烈烈的宫殿
练习长眠
一年之中你出现的次数不多
为何在梦里你更美艳
为何在无声山间你更清纯
为何在你的世界我一次次情不自禁
流露出脆弱依恋

（二）
月明思故乡
月缺愁思量
难见月儿圆
梦里路更长

## 种田种地打工

我拒绝默认值
河水一去不归
远方的小花挽留夕阳
通往村庄的路
压出一道道辙
混着农夫的汗

布满牛马蹄印
这个年代
最苦的还是农村
还是农民
农民种出粮食、蔬菜、甘蔗
药材、棉花、鲜果
却常常难逃丰产不丰收的厄运
他们常常遭遇盘剥
出卖苦力
领不到工钱
改天
我邀你种田种地
或者邀你去建筑工地
轧钢筋
拌灰浆
抹墙
受黑夜折磨
受下人待遇
别忘记劳作之苦
别忘记还有群人在为生计种田种地

## 小　梦

今天
我白花花的头发染成黑色
我年轻了
窗前盛开玫瑰
天空云朵停留
我揪着时钟
久久不愿放手

## 每次出发前的心思

扯乱的线圈
用什么方法才可以还原头绪

来这里之前
我心存种种疑虑

临出发了
我要抄录前些年写下的诗稿

有时要为她更名
她的歌声如此动听

她的美丽如此动人
我到底该不该故地重游

摸一摸她的城市
走一走她的土地

## 夜　空

划过夜空的绝不会是星星
星星应该永恒
应该一直在那儿
在那儿朝我传情
星星应该在那儿
看我一举一动
听我喃喃私语
星星开着门
等候我灵魂飞升

## 那些走来的人

板栗树
栗子黑里透红
像一群妩媚少女
诱惑无限
但她们藏得很深
藏在密密麻麻的尖刺中
我知道
她们在等待情郎前来迎娶

那些走来的人
个个费尽心机
毛手毛脚
无从下手

## 山与树与太阳

九列火车一前一后
九个太阳轮番出没
悬崖断毁
那株攀登用的树
不肯离去
守着泥土
守着山
守着太阳

火车隆隆驶进山洞
驶过桥梁
与太阳赛跑
与神赛跑
带着我
我要去寻根
寻那株不肯离去受伤不轻的树
攀登用的树
根

太阳在向它招引

它将死亡
它将燃烧
一尺一尺干枯
火车一一驶出
它们在交换站相会
肩并肩
不分高矮
冷漠无情

九个太阳
大山深处
满山的树生出红叶
全是太阳的小太阳
九个太阳让满山的树一夜怀孕
一夜分娩
一夜诞生千万个小太阳
全是太阳
坐在火车里
隔着窗看那红叶
就像隔着一重世界

# 在小村庄邓扒经历黄昏

荷塘夏月
7月11日19时20分
我看清了莲蓬邀月
手撑荷叶俊俏的模样
月光幽幽
莲花含羞
早前
荷塘边上
一个挑水女人
身材修长
一对乳房
随着晚风
随着她均匀步履
和饱满的呼吸
像音乐
轻轻摇动
在一层薄衣下
其实
我是在村庄守一个黄昏
不同于城市的黄昏
只不过现在
已入初夜
一弯细小之月
站在扉檐之上
成了我心爱的女人
面对静穆村庄

面对即将掩隐夜幕的荷塘
面对心爱女人
夏月之夜
我的心情再没有任何理由
焦虑和彷徨
桃花源般的村庄邓扒
我迷恋你!

## 我衣食无忧

我衣食无忧
可我的兄弟穷困潦倒
贫病交加
坐绿皮车
驶一站停一站
到一站下一站
全为了找点吃的

我衣食无忧
可我的姐妹家境贫寒
上有屋漏
下有坑洼
寒风穿堂
她们瞪大眼睛
目光迟缓
究竟嫁哪里
不清不楚

我衣食无忧
可我的父母三餐不饱
整日奔波
家住非洲村
挑担串巷
竭声吆喝
收旧货
报——纸　烂——铁　啤酒瓶
纸——壳　塑——料　废冰箱

我衣食无忧
写几首前不着村后不挨店小诗
不换酒不换粮不换钱
全为了度过无眠黑夜

为一条鱼想想

# 死后

## 为一条鱼想想死后

那条红鳍鱼
那人人想捕获的鱼
摆上了桌子
在餐盘沉睡
双目瞪圆
那条红鳍鱼
不像我
我是黑眼珠
她是白眼珠
我和她啊
根本不搭界
那条红鳍鱼
曾在大江大河
与她的亲人相亲相爱
现在
却阴阳两隔
她的阴界是此刻此地
为我所有
我的阴界又在何处?

## 怀念海子（一）

海子给我托梦
梦里有人对我说鹰收走了彩虹
所以
他在曾经的彩虹那端
等待多年
虹再没回来
因此
他再也无法回来

## 怀念海子（二）

海子会哭
海子也会笑
满腮黑茬茬胡子
经常扎他的太阳
扎他的麦子
扎他无助的现实
他黑色的胡子生长在红色年代

注：海子生于1964年。如果在世，2013年海子49岁，为免日后糊涂，东禾是为记，2013年癸巳蛇年东禾47岁。

## 夜市地摊

沿着五星街陡坡
热浪和人浪
汹涌不止
兄弟姐妹如此众多
守卫地摊
出售毡帽布熊
毛巾和丝袜
日子在黑夜中消瘦
因为炎热
因为要靠小买卖挣钱糊口
夜市地摊久久不散

## 就这样，东禾死了

那些抬棺材的人
他们不是东禾的朋友
他们麻利地用木钉
将盖板扣死
从此
我要在棺内永久沉睡
我知道
每次土葬
抬棺材的人
都不哭
所有葬礼的哀伤与他们无关
河流对岸的山
早早被占领
据说
如果我埋在那里
子孙万代会看到那里升腾紫气
福佑千秋
我躺在棺内
任他们忽高忽低
即使我挺直腰板
却始终回天无力

## 中国 town

道路
两岸
立着房子
龙脉上
立着房子
河流
两岸
立着房子
祖宗
背着房子
城市四周
堆放无数荒丘
荒丘上
堆积各色各样的垃圾

## 农　村

大人
持家挖地的人
不在家了
村庄早早躺下
天刚黑
这里的娃儿不哭
哭也没有用
因为村庄
没有乳房没有乳汁

## 记都江堰泥石流

神秘力量在燃烧
天崩地裂

树的骨骼如此脆弱
经不住雷电交加

山的骨骼如此脆弱
倾盆暴雨便泥流成灾

谁也无法折断时间
神秘力量却折断了都江堰的房子

埋着骨骼
埋着汶川地震幸存的十一个家

## 山旮旯里的原始村落

茅草
茅草一样轻的茅草
覆盖头颅
覆盖村庄
围着下半身
羞赧地藏在山旮旯中
一盏油灯星光
在山间已经足够明亮

## 从　商

会的
我会的
我会左转弯
扒拉算盘珠子
沿路寻找
早年遗落的银票
更早的刀币

## 绿色的风向

树与树
依靠在天边
相互对视
相互传承神秘的自然
根的力量为什么强大
因为它紧紧抱着大地
风在原野无休无止地忙碌
风在停摆的时钟旁

树与树
相识在山冈
盼望黎明
黎明给她们挂上迷人露珠
原野因为一抹曙光
勾画出绿色的风向
第一声啼叫
让原野更宽广

## 后半夜

梦醒了
灯光照着
寂寞困倦的思维

此前，我的灵魂在灯下游荡

它异样地游荡
它好像要告诉我过去发生的一些事

科罗拉多河在深深的峡谷底潜流
四面崇山嶙峋
河水咆哮不止

没有人能轻易到达伟大的河流之岸
摸一摸它冰冷的河水和脸
也许也从来没有人去过它身边

唤一声它的小名
黑色之夜孕育的灵魂
一丁点儿也不温顺

## 打　量

我试图解释猫眼的原理
只看见
局部的变形的走廊
只看见
弯曲的一个人
从眼前
消失

## 有些生命会在雨中消失

大雨扑袭
我只能躲到屋檐下
滂沱雨天
别的生命在哪
回避或者沉沦

小时候常用瓦檐流水
洗脚冲凉
那时候家很穷
天很蓝
水很干净

面对雨
想起庄稼
想到缥缈虹桥
数十年来一直幻想踏上虹
从雨中
去到另外一个世界

## 十一月的夜

天空永远是蓝的
家乡真好
土地真好
十一月，稻谷一块一块成熟

昨天白天
农家的稻田被收割了
那片承包地异常整洁
它正以真实的面孔等待翻身

田野出现另一种清新
谷子的根
保留在黝黑的土地里
完成宿命

自然之子黯然离去
十一月的夜带着寒风
我醉倒在她怀里
阵阵颤栗

## 喜悦离我尚远

身后是绵延山峰
头上是碧蓝天空
大地如果没有曲折道路
我的目光怎么能够深邃
我身处异地
所以我始终面临迷茫
甚至磨难
甚至死亡考验
喜悦离我尚远
今生我只为渡过
九九八十一劫
而来

## 我担心失去光明

太阳在西南方向缓缓落去
天空寒意渐浓
我很诧异光明可以带来温暖
山村的房子建在向阳处
我家的小屋也不例外

在那里，天空寒冷了
人们把双手塞在腋窝下
让双手获得温暖
我的双手也不例外

如今的城市到处有面包蛋糕
我保持孤傲姿势度过三十岁生日
但是从我不多的照片里
几乎每张都可以看出
我怕冷
我担心失去光明啊

## 酒鬼逻辑

不走进去
你无法了解佳朋佳友的胡言乱语
佳朋手握酒盅舌头打绞说话含混不清
佳友摇晃身子说话颠三倒四词不达意
“老兄，快喝，快喝，说不定这是你最后一盅。”
佳朋满嘴吐着酒气
“别急，别急，这醉人的美酒因为美才醉人。”
佳友漂浮在椅子上双手乱划
醉酒人的夜充满危险
他们将把夜喝个底朝天
他们将把世界喝个天翻地覆

## 可怕的悲剧

诗人死去
诗坛才有所震撼、反思、悲悯
这种可怕的悲剧常常发生
炎黄民族的伟大的文化历史
一直这样延续
波澜不惊

（我不认识的一个同龄人是这场悲剧的主角。）

## 在麒麟山前

我写关于麒麟山的诗
我全无牵挂
我无助和痛苦
山多大
人多小
地多大
山多小
天多大
地多小
历史长河于世人恢宏博大
我在你面前活着
虽然只怀着细微思考

## 电影记事

灯光暗下去
幕墙开始变化
诡异的虚拟的宫殿
国王使用无上权力
指挥战争
侵略未来
把时空置于股掌
把湖泊搬出旧巢
把高山推倒
把云朵揽到沙漠上空

遮挡阳光
……
影院的一切
影响观众情绪
或许真的会改造出一个崭新未来

## 祭祀场

我不能给干旱十月
祈求一场雨
我习惯了自责
熟悉的人走开了
没有更多背景
只是啃过甜饼然后头叩大地
口中念叨的
拂尘搅动的
众人祷告的
词语苍白惨淡
没有下雨
烟火十分旺盛
让我完成最后祭祀
希望渺茫的祈祷
以圆为界

## 独秀峰

独秀峰紧依月牙池
古朴的金黄的王城内
游客如织
学生如织
藤蔓轻轻咬着树枝
像咬着耳朵说着悄悄话
当年城外战火没有殃及王城
城池才得以保存
天地可以包容
王朝变迁　神　仇杀　权力争夺
而它所有的包容都在岁月长河中痛不欲生
面对和平
想想物质匮乏年代
想想动乱年代
世人应该学会珍惜
独秀

## 夜　路

漆黑的夜晚
几串虫声穿透时空
而我不敢大喊
离黎明到来尚早
路上
风在沙沙作响
急一阵缓一阵
寒意重重
我拽紧领口
瑟瑟而孤独
我的手中
举着的光有点弱
仅仅照亮了自己脚下
这小块土地

# 在秋天我总是
# 十分孤寞

## 在秋天我总是十分孤寞

——闲云潭影日悠悠，物换星移几度秋。（唐·王勃）

无论秋风怎样轻
叶落在持续
落叶在归根
观叶的人在深山寻觅
霜打过了
该黄的叶黄了
该红的叶红了
秋天红叶藏着秘密

把恋人送来的叶片
小心翼翼地整理
始终是件浪漫的事
山上红叶
被爱情传递
而我在它面前
始终没有向它表达
我有火热的心
却不曾领会风情
却不敢尝试寻找
那亲切
肯为我微笑的一叶

## 赏　石

孩儿拳头一般大小的玉石
摆放在红木架上
温润而朴素
她有一张千万年沉思的面孔
她经受了红水河滔滔江水磨砺
她展现出神圣的可爱的芳姿
让我如醉如痴
她有一个动人的名字
来宾水玉

## 阿尔卑斯山的雪

当我来到这里
这里已是一个雪世界
城市墓地坐落公园
墓碑整齐排列
在陌生国度
陌生的紧张如雪越积越厚
虽然墓地有人悉心清扫

墓碑前
我低下头
想看看它记载了什么
我看不懂墓碑文字
我猜想至少有一行字母

代表一个人的名字
另外至少有一行
代表安息的祝福
来自亲人的祝福

阿尔卑斯山的冬天
展现白茫茫原野
墓地的冬天
绿树仍然葱葱郁郁
这雪像天空落下的泪

这雪是冬天的泪花
湿润了墓碑
湿润了阿尔卑斯山山峦

## 久别的稻田

这不是鹰的大地
但是鹰在此盘旋

我和鹰互相陌生
我们的语言各不相同

但是我和鹰
同时来到这里

鹰在稻田上空

我脚踏稻田

我年老的脚步
比鹰迟缓

冬天
稻田赤身晒着太阳

稻田松软的黑土
饱含一颗安分的心

等候下雪
等候鹰猛烈地俯冲

我出神仰望着鹰
期待它打破宁静

哪怕尖锐地
鸣叫一声

小水牛跟着老水牛
在稻田觅食

时间在它们嚅动的嘴反刍
时间的影子无休无止

我敬重水牛、鹰和久别的
稻田

## 苦难家园——往事浮现

湿冷低矮灰色的天空
要么下场雪
还原一个白色的世界
还原一个真正的冬天
要么枯萎
让所有生命重新再来

墙壁挂着五十二寸的电视
天气预报节目里
播音员表情沉重
中到暴雨、局部大暴雨、雾霾
沙尘暴、冰冻、PM2.5，等等
预报让人心事重重
黑夜再也不黑
灯火辉煌！彻夜难眠！

地球不堪重负
环境污染令人担忧
我们的食物
依靠改变的环境进行繁育
我们的交通工具
依赖可怜的油气资源
或者光、煤、核物质转变的电力驱动
我们的生活方式不停地改变
日出而作日落而息成为故事
黑夜再也不黑

灯火辉煌！彻夜难眠！

我们开始长寿
是祸是福无从知晓
偏好战争的科学家
为着生养自己的国家的利益
沉迷研究高端武器
森林被蚕食
河流被阻断
海洋成为巨大垃圾场
洋流作用日渐衰弱
大气层成分日渐复杂
我们在灾难面前多么脆弱
我们试图付出努力改变自然
结果事与愿违
活着的人都是幸福的
可是我们也逐渐麻木
虽然对未来深怀同情
黑夜再也不黑
灯火辉煌！彻夜难眠！

## 只盼着二月二，龙抬头

（二月二，龙抬头）
没有龙的印象
却烙印恒久
它在华人心中是真正神物
我们生来对它难舍
深怀好感

壮阔洞庭湖
方圆两千捌佰平方公里
水茫茫
近不见游动的鱼
远不见飞翔的鸟
江豚在悄然死亡
湖南的洞庭湖
中国的洞庭湖
世界的洞庭湖
八百里洞庭云梦在哭诉
水草稀疏
浊流入注
鱼米何香
只盼着二月二，龙抬头

## 人们却常常饥不择食

越穷越见鬼
虽然日用三餐
人们却常常饥不择食
我们从大地收获食物
刀耕火种
人类家园参差不齐
非同一般
我也曾取野味果腹
享受山珍
可我怎能想象过去无火的生活
河流枯竭
水穿越土地
鱼的生命终结
一阵阵饭香
引导我步入天堂

## 城市之光

钢铁
它们发光
它们出奇冷静
皈依佛门
这个高楼的世界
塑造出城市
把天空举在头顶
我梦想中的星星
很快可以触手可及
城市的三盏灯
是三个王
主宰了人们行踪
十字路口
车水马龙
人来人往
从今往后
面对城市之光
我意已决
皈依红水河

## 生与死平行

素色主义
更加典雅
整个屋子堆放仿古红木家具
金色在其中大放异彩
一桌富丽堂皇的美食
让我惊羡
让我原始的狼性饥饿
像火山般爆发
血液沸腾
我回归生食的山洞
仿佛即将重现
我的祖先是原始人
他们在山洞穴居生食
那是多么血腥多么自豪的
一段时光
现在鱼脍摆放整齐
而群鱼身首扎着屠刀
尚在颤抖
它们
生与死平行
奄奄一息

## 相　马

我这辈子还没上过马背
没摸过马鬃温度
它向我漠视
它驮着货架
它宽大的嘴紧紧咬合一起
它远在西西里的远亲是不是同样姿态

我这辈子还没上过马背
看不出它具备什么烈性

马像一朵温顺小花
任凭粗壮的风推来搡去
马的步履有些迟钝费劲
似乎驮负天地之钧
它的远亲在西西里奔驰
它在马夫手里驯从
它在马夫窄小的马厩里死去
回到天上便天马行空

## 回 忆

（一）

扁担两头的桶不比我矮多少
姐姐掉下去的井
泉水依旧汩汩地冒
用久的扁担滑溜溜的
像岁月
像井里的鱼
井沿布满伤口
都是旧伤
透过它我依稀看到井的骨架
不屈的骨头
埋藏在
旧社会里

（二）

十八岁那年
要去北京上学了
父亲特意买了个新铝皮水桶
桶里装满一堆日用物品
要去的地方
不知道有多大
不知道怎样冲凉
只知道十分神圣
铁路是最远的路
我提着初涉世界的胆怯
过漓江、长江、黄河

我不敢大意
我怕弄丢了父亲买给我的新桶
对不起父亲
对不起故乡

（三）
坐在冬天
一群人围着
像原始人部落
中间生火
粗大的柴火逐渐化作火炭
我们一直保持群聚
以此获得温暖
以此防御外敌
虽然肚肠不太饱
却无人中途逃脱
生呛的烟草在火堆旁击鼓传花
传了又传
吸烟的人
大多面黄肌瘦

（四）
菜市不知何时摆了一个固定货摊
大小统一的玻璃罐
有的盛糖
有的盛饼
一分、两分、三分
交易以币值分结算为主

时间定格二十世纪七十年代
饼是国家统一做的
糖是国家统一做的
服装可以是各家裁缝
老大传老二穿了又穿
逢五逢十圩日
菜市像过节
热闹异常

（五）
外婆假如还活在世上
儿孙们应该为她祝百岁寿辰
外婆离世
因为饥饿、孤独还是疾病
原因不详
那个年代
医疗设备简单
病在哪个器官定位不准
那个年代
人死了都予以土葬
所以今天
我们有坟墓可以祭扫
有墓碑可作纪念

（六）
早年
席地睡醒的狗
总是学着雄狮姿势

张嘴示威
伸直前足
抻抻骨骼
然后，依次以左前爪右前爪
抓几把土地
试试自身力量
时刻准备奔袭
现在的狗多睡在床上
懒得下地
懒得晒太阳

（七）
到了大学
我的骨骼停止发育
但那种饥饿感像要吞食一江春水
我个头瘦小
不敢吃肉
因为菜票有限
同班的洪林是河北大汉
每餐六两馒头消灭得一干二净
常靠女生救济
直到现在
我还不清楚当年谁赠过他饭票
一种粗质感
微透明
黄色的纸质印刷品
“面票二两”
四个字赫然醒目

（八）

出差的路十分颠簸
两天两夜
我从柳州去到百色
又从百色回到柳州
当年我二十八岁
不知疲倦
不知懈怠
怀揣学生毕业分配派遣表
往返千余公里
怀揣着责任
就不知疲倦
就不敢懈怠

## 暴风雨兮

狂风携带暴雨
受伤的树花容失色
断枝处
露出白骨
露出它父亲遗传万年的伤痕
大风暴突降
都有一些树连根摧毁
大风暴突降
庞大树冠
肤浅的根何以能承载
杯盘狼藉的路面需要清扫
路面上雨迹 风迹 行迹
像刚流淌过一条肮脏的河
令人窒息
令城市悲鸣
管理者会不会反思

## 差旅劳顿

月光扑来
我在独唱
但是歌声被丛林吞没
路总是在目光之外
离家还不够远
便开始有了思念和牵挂
此时如果有座大钟撞响
我会停止步伐
停止歌唱
听钟声向远方的方向传去
让它顺手捎上我的胆怯
面对远方
我心有余悸

月光扑来
树影抖了抖肩
掉落几片枯叶
深夜人家的灯火
忽明忽暗
丝毫不理会我打旁边而过
人活着，就是要习惯
无人理会你的态度
人活着
有月光相伴
思念愈加深切

## 放不下

男人东禾悟性平平
不解黄昏风情
不解乌鸦集聚哇鸣用意何在
在路的左侧和右侧之间
乌鸦闲庭信步
转来转去
啄食沙粒
或者风遗落的草籽
或者我遗失的粮屑
黄昏在它们的翅膀下移动
越来越小
越来越深
最后与它们融为一体
去冬今春
我和它们相会数次
每次
我都迷惑不解
这天这地
我与一群鸦雀存在何种关系

# 盘古村

大梭河绕过盘古村
蔗地在河流两侧伸延
从冬天开始
农夫砍蔗，种蔗，忙于新植
直至四月
四月的大梭河清冽透彻
桑苑冒出新叶
蚕宝嗷嗷待食
它们可爱的吃相装扮出春天
秧田育出齐刷刷的秧苗
阳光下嫩绿茁壮
水田水波漪漪
农夫在精心翻耕犁耙
做着插秧前种种准备

这个季节人人忙碌
打工小夫妻早出晚归
种菜大叔大婶去了集镇
为了赶早往城里卖蔬菜
锃亮的洗衣石上
一堆脏衣脏裤被女人来回搓洗
翠鸟吱喳
河岸的杜鹃全开了花
水流不息
盘古村悠然自在
榕树浓荫下乘闲的村民

有的叼着香烟
有的绣着十字绣
太平盛世莫非若此

虽然衣衫不新
孩子们听大人的话
捧着皱巴巴的书
学校书声阵阵
教育工作虽然清贫
教师乐于奉献
不计得失
盘古村的店铺平安无事
出售米面油盐纸鞋帽伞锅勺
店铺不讲究讨价还价
没有买卖争执
闲暇时村民喜欢小聚
四人一组搓搓麻将
榕树脚下扯扯家常

盘古村
紧靠大山
曾有的猎枪已征缴归了公
枪支弩箭的故事鲜有提及
火药被严格控制鲜有使用
燃烧汽油柴油的车辆来来往往
摩托车、电动车、拖拉机、小客车
使村庄运转加快
村名来历已经是一个谜

盘古人祖
神祖
是否曾在这停留
五百年前的画面今人无从知晓
何况万年
大梭河变化了没有
翠鸟哪里来
人从哪里来
已无须探究
今世安祥
国泰民安
世间幸事
盘古村

## 适当的时候我会离你而去

适当的时候我会离你而去
但肯定不是现在
不是山洪暴发雨季
不是枯叶缤纷深秋
不是皑皑白雪清晨
时光风一样走散
四十年
内心积下难以掩藏的忧伤
即便如此
我再也找不到一件比它更有价值的什物
可以带走
去往天堂

在哇哇啼哭声中来到这个世界
我用双眼收藏世间万象
却不曾见过自己
我怎样向大师学习临摹
却无论如何画不出说不准自己的模样
周围的人更不知道我是谁
来从哪儿来
去将去哪儿
既然这样
让我在适当的时候凛然离去吧
不带痛苦
只带忧伤

## 憎　恨

我憎恨
两种鸟
两种善于潜伏的鸟
远未远走的鸟
一个时刻惦记着报酬
一个口是心非

他们的舞台一样华丽
他们活动的范围一样广泛
他们隐藏混迹人世
悠闲自在
丝毫不存羞耻之心

## 向祖国请安

国歌响起来
必须笔直站立
一动不动
双目凝视正前方
饱含深情

此时，我要以半跪方式
向着北方
向着两千公里之外
想象一根高高的旗杆

微风中
艳丽的红旗徐徐升起
向祖国请安
祖国，母亲
您好！
祝您万寿无疆！

## 走，打工去

铺盖是行囊
行囊是铺盖
行囊残存的那点余温
被手紧紧抓牢
那是家留下的啊！
乘车乘船
家和自家房子的影子在眼前不停晃动
低矮昏暗的村口
不管是分手还是死别
从来不会有千言万语
简简单单
说走就走
只是男人女人
手中
各自多了一把
陌生世界的汗

## 避雨心思

暴雨骤临
我躲进公共汽车候车亭里
我不想与雨交织
但是，我决心
只要雨稍稍减弱
我就走
冲进雨的阵地
甚至小跑起来
让候雨人刮目相看
生来，我不怎么需要雨具
我知道每场雨都有弱点
都有喘息的毛病
雨在持续狂奔
我隐约感到时机即将来临
我随时准备
上路

## 风疲倦了

上天没有下雨
城市没有睡眠
天空异常安宁
远处躲着几颗星星
我在路边
试探与风对话
看芒果树
我摇摇它梗直的树干
“噢，真热！”
“快受不了啦！”

风疲倦了
随手牵了牵芒果树梢

## 梦上高原

别放弃
上高原去
那里天空灿烂
居民慈祥
蓝色天空白云飘动
我心中的高原女神
在云朵里
飘动的白云是高原飞奔的马群
高原春天的马四蹄奔放

跨越崇山雪岭
牧羊舔过的草根
铺天盖地出生
我手执马鞭
划响四方
追逐落日追逐移动的毡房
这里看不见树
只有铺天盖地的草
睡着我的影子
羊羔和马驹
这里的死神远离老人
老人笑容灿烂
让我抛弃烦恼和孤独
我学着唱草原之声
吸引少女和羊群
美丽的高原草原
接纳我一次吧
让我成为你梦中情人

## 清心寡欲

清心寡欲
不等于无求无索
让五星红旗飘起来
在祖国的天空
在所有大山之巅
大海之上

## 暑

避了又避
还是躲不过连日炎热
城市热岛
病态万般
夜色不再迷人
高温让人迷糊

## 献给青春的孩子

目送你离开
我心有不舍
甚至有些晦涩
那握在手中的石头
那本该在你转身之前送给你的
而忘了赠言和赠送理由
我恨过
那些偷懒的人
打你主意的人
他们虚度时光
你毫无察觉
他们脑门敞开
放任任何语言
奔袭烽火台
他们还偷走果实
躲在麦地里开怀品尝

我瘸了腿脚
难以起身
送你上战场
与敌人交锋
孩子
我唯一的孩子
你要勇敢前进
拿起钢刀
跨上骏马
去战斗
为真理

## 这日子，没有桥

河水突涨
浮桥被拆卸顺放在河岸旁
这日子，没有桥
也说过就过了
白天连着黑夜
黑夜连着星星
星星连着黎明
黎明连着希望
河水突涨
这日子
仍然要过河

船渡仍然激流勇进
船至江心
它因为荷载过多
所有人噤不出声
过渡人
何去何从
全靠船长把握的方向
这日子，没有桥
仍然要过

# 醉了但是仍然清醒

在陌生的异国他乡
干了这杯杜松子酒
这杯惆怅滋味浓烈的酒
鹰在宽阔天空里飞
回家的路它走过千万回
翱翔多远它铭记清晰
我短暂地逗留荷兰风车旁
为什么要孤独?
祖国冬季的红梅艳丽开放
祖国的红松林涛声万顷
收在我的行囊里
我步态微醉
摇摇晃晃
风车是风的手
草茵是大地的衣裳
干了这杯酒
和她们握手
告别
回家

## 别理会风的苦涩

人急了
请求风带走谣言

人为地
有人躲在暗处制造事端
面孔普普通通
但某些时候
他们面目狰狞
像饥饿的野狼
嗅到热血
寻踪不放
我挣不挣扎无关紧要
只要风浩荡向东
水浩荡向海
人浩荡向太阳
别理会
人为地
风的苦涩

## 大　道

两排花坛
鲜花茂盛
热烈地张着臂膀
等待情郎

汽车鸣笛声
令人胆战心惊
河流宽阔
没有船到不了对岸

这几丛茂盛但时光短暂的花枝
又如何能忍受酷暑严寒
饱经风霜
欢迎谁归来？

## 构　思

我的床
我盘踞
我是它的王
往猎枪填充火药
我一心捕获脑海飞驰而过的万种印象

我的床
我盘踞

我是它的王
清风徐徐
荆棘一浪又一浪
打湿衣衫
撕裂我的旧伤

我的床
我盘踞
我是它的王
东禾的床
稻子的家园
漫过洪荒
山火延绵
即将出现丛林之王

## 举起铁锤吧

我和你一样低矮
一样有梦想
把蓝天托高
把太阳托高
为什么不呢？
为什么吐放浓烟的烟囱命比天高
生命辉煌
举起铁锤吧
趁你和我尚有力气
趁我们尚未年老体衰

## 迷　茫

我是不是你走失的羊
羊群中的一只
三十年前
你曾否满山遍野
找我，唤我
那时你的心情可否跌到谷底
我在你心目中
是不是一个孩子
永远的孩子

我回来了
寻找跪乳的草地
寻找简单的栅舍
寻找我的主人
满地满街成群结队的门牌商标
我找不到家门
我的主人啊
莫非你已眼花头昏
看不清记不起
我曾是你走失的羊
你的孩子

我回来了
抑或你又遭遇不幸
舍我而去
去了另一个世界

你怎么忍心抛弃我
让我孤独寻找回家之路
无依无靠

## 请走开

我们互相搀扶
才能往前走
假如你感到面子全无
请走开
越快越好
让魔鬼来领你

## 春天小诗

我思量着
如何公平分割 2013 年春天
让幸福的大人小孩看到彩虹
满面笑靥
让舟车劳困的行者有鲜花相迎
驿站物丰
让寻思作恶人心有所悔
弃恶从善
我细数二月至五月一张张日历
它们在我心中一一发芽
打立春起

春风不断造访
春雨及时降临
偌大的中国大广场清新如晨
可想而知
久旱之后的雨多么珍贵
寒冬之后的春色就是诱人

## 致城市中人

炎夏如期而至
六月
降香黄檀
高贵的树
普普通通成长在我家门前
枝条上挂满扁长硕果
只在不经意间
她细小的黄花
结胎育籽
压弯枝头
对面耸立狭长的高楼
城市高贵的作品
像蜂巢密不透风
压住天空
驱逐云彩
忙碌的人群向云端曾经的高度攀爬
他们高贵命悬半空

# 不　入

庙宇建在半山处
青砖金瓦
没有石狮

庭院，佛门
为众香客而开
袅袅烟火寄托祈愿

盛唐高僧仿佛还在诵经
不变的是住持形象
袈衫简单肃穆

我登山而至
尊敬大法师
但我不入佛门
因为罪孽太深

## 孤独的牧马人

终归有那么一天
雪花只下一半
鲜花只开半山
野性的马群终于温顺
我只剩一天
仰天长叹

## 临　雨

乌云笼罩
城市昏暗
快走的人
手头没有伞
雨将降临
我何处藏身

乌云相聚
晴空突变
各种诽言随风飘扬
阵雨之前
暴雨之前
风声加紧
让我痛快地窒息

雨就在云朵里

疾走，追逐
来吧
该来的总归要来
我正等待
张着双臂回应你
你来
带我走
去荒漠
去于无声处

## 偶　遇

喜欢你坐在对面的沙发上
身子微微斜靠
东禾看着你
好似看到一朵微缩太阳花
面肤红润
秀发飘逸
虽然我满头白发
是众人的老人
可我突然像年轻了许多
有了火辣的目光
把你打量
心花怒放

## 诗人痛苦的夜晚

天开始下雨
她即将分娩
生下羊羔
一共三只
一只放养在天上
一只放养在草原
一只放养在我心田
我牵挂的尤其多
因此
注定比你苍老
注定先你而亡
那时
天上那只羊
已长大
草原上那只羊
已宰杀
我心上的羊
已永恒

## 万物生于阳光下多么幸福

我准备走了
我的告别时刻
为期不远
东禾喜欢深山幽静
虽然惧怕丛林迷途

阳光透过浓密树冠
洒落林海
东禾的心就会欣喜
万物生于阳光下
多么幸福

我不会哭
东禾也不哭
因为无论东禾安葬何处
我也能想象到太阳光芒
一直把他疼爱

## 想问问自己

早晨，窗外传来朝霞心经
我毫不怀疑
今天，一个晴天

我熟知房顶的墙缝里
安居着一家子麻雀
比我执着

我执着写诗
如同执着坚持一日三餐
而麻雀父亲母亲只要是晴天
天麻麻亮
它们就开始执着地互相提醒
互相问候
互相欢庆黎明来临

我习惯不言不语看外界
此时
想问问自己
动物是不是比我们更遵守生存和谐的法则
聪明的人类
清晨也不一定梦醒
今日我们要改变什么

是不是走错了方向
我们用盾构机在地下掘进

执着地延伸
为的是我们在地下行动自如
警察和猎人试图藏起猎枪
生灵仍被偷捕网获
食客和贩子试图用野生动物
头颅和鲜血果腹、致富
狮吼消失
我们再无缘看到万兽之王豪迈飞奔

窗外有一群弱小麻雀
我心的悲鸣
一直不安不平

## 准备战斗吧!

伙伴们
战争乌云将笼罩祖国天空
快,拿起你的武器
准备战斗吧
保卫国土
保卫蓝色海洋
谁胆敢挑起战争
就让他有去无还

伙伴们
好战的军阀分子叫嚣复仇
快,拿起你的武器

准备战斗吧
严阵以待
严正鲜明立场
谁胆敢贸然进犯
就让他灰飞烟灭

## 桑，桑葚，桑农

风常常折回来
环顾十字路口
有没有熟悉的牛车
镐头，背篓，蚕床
高楼不是桑树
却挂着一枚残败的蛹
煞有介事地栉风沐雨
故事纵横交错
始终没有谁为它抽丝
打开真相

午后
你不知道午后那些闲言碎语
虽然我知之甚少
虽然风常常折回来
卷走一片两片农田
一些不好的梦
梦了一样走了
虽然还有余音

一段路又一段路
一个村庄又一个村庄
像桑枝被折断
干枯的命运被风和太阳左右
远行并不是那么容易
桑根很痛
叶落枝怜
秋霜一天比一天浓
旧照片旧风景积累起来
准备迎接冬季

红水河在晚风下渐渐消瘦
黑夜漫长的舞蹈开始上台
一阵细碎的脚步声
从远古传来
庄稼的背影多美
收获的面容多开心
秋季是朋友的约期
没有大风没有大浪
浓浓的霜在野外等待
遥远的山峦
一片红霞属于我

## 纪念三月的诗行

喜欢一个人带给自己幸福快乐
爱上一个人留给自己苦痛忧愁
三月在我十指游动
三月在我眼前温柔

三月在我心头甜蜜微笑
我向谁索要的三月
扣着我发烫的手
牵动我枯老如井一般的心窝

当三月离我而去
我阵阵迟疑
不敢把她挽留
错过春雨和花开
被人爱是种缘分
被人疼是份造化

## 致一位女士

柳江河水蜿蜒环城
在城市展览馆沙盘上
有家的人可以找到自己的家
这座城市的名称十分美丽动听
版图上写的是柳州
平常人们称它为龙城
这座城市有位高挑的女士让我钦佩
她来到龙城
无牵无挂形单影只
为了工作她操心繁忙
不到四十岁就花白了头发
她不能在家照顾母亲
她是众多交流干部中的一员
离开家乡故土
离开亲朋发小
她上有高龄百岁老奶奶
但是她不能为老奶奶端茶送水
想起这儿她会忍不住泪流满面
碧绿的柳江河神
保佑这位坚强美丽的女士
让她爱情早日降临
让她事业一帆风顺
好人不该只有好梦
应该梦想成真

## 诅　咒

在事件和结果面前
远比我站在英雄纪念碑前残酷
据说，死去的英雄都十分年轻
英雄的生命往往在瞬间被夺走
陵墓里也许没有英雄遗骨
英雄名字也许只是后人凭模糊记忆加以铭刻

枯草给大地留下种子
想起这些我还能挑剔什么
这个世界相比以前美好不少
不是我惧怕死亡
让我诅咒流言派人
先我而亡

## 生命的石碑

舞台两侧习惯性地聚集许多人
我生命的舞台会不会一样
有人们异样的目光
打量或者监督
看我写诗
衡量我做人的标准

我和诗行之间的差距始终存在
痛苦带来郁闷

我不能把情绪完全赋在字里行间
我并不刻意雕琢迎面而来的浪尖
落在冬泳队伍后面的运动员
始终牵着观众的心绪

每次你跨着小台阶进入我脑海
你不知道我站在大楼的一扇窗后
为你到来或者经过
感到幸福
感到少年般短暂的激情

人工湖里漂浮脚踏船
游客三三两两沿着岸边漫步
我怕水不敢靠近
我怕水中完整的面庞
小小石子把它轻易击碎

我再次问我会不会是大雁的第二只影子
因为我一直觉得应该早点离开
是离开湿冷城市的时候了
此时面对秋天
我想我又只是秋天里一片落叶

也许进入别人的思绪
也许被清洁工人
送进冷漠的黑色塑料袋
在你的世界
我的生命紧紧靠着一块模糊的石碑

## 插　曲

方向盘失控
我无力扭转
收割机停在麦地上
它是这块大地的庞然大物
傲视着却没有生息
我的黄昏被它占据
继而到了深夜（又到了黎明）
我尽了努力最终没有把它救活
另一具庞然大物带走了它
麦地残留几行深深车辙

## 桉树林印象

大地。众多森林
整整齐齐，病症不轻
虽然绿色满目
却没有鸟语花香
却没有人愿意去欣赏

# 描述声音的话

## 描述声音的话

仔细
辨听
周围没有洪亮疾呼
只有嘈杂无限
维持着人们生老病死
在各种声音的中心
我学会站
不再在土地匍匐

重复武侠伏地听声姿势
毫无意义
人们往往过高估计自己的判断
总以为站得笔直
才是硬骨头
才可以听远
才可以及时化装隐身

安静。
我思考着死的方式
发紫的嘴唇不停嗫嚅
无声无息

许愿。
香火燃烧
无声无息
山路狭窄陡峭

莽莽林海掩隐着过去
谁知道供奉的先尊的心灵
是痛苦
还是忏悔
是宏愿
还是憾恨
我们往往只在暂时的小心和平静里
祈祷平安

我们互相拥挤在人世间
让神漠视
神领受三跪九叩
天上没有官阙
我们的坟墓
永远堆在土地上山岭间
我们活的上辈子
争议不断
我们死的下辈子
无声无息

## 我设下自己的归宿

三百六十五个日夜
你这样进入东禾诗篇
像一段忧伤音乐
像一幅静默山水画
分不出把你放在前行还是后行的区别
只知道对你需要多么忠诚
你占据大地之房
你种下四季
左右我喜怒哀乐

面对诗稿面对你
我常常有泪但不想流出来
面对大地面对四季
我常常幻想未来
高山之巅
飘动旗帜
旗下立着东禾墓碑
于是我归宿已定
哪怕孤寞
有你的记忆
泉下我多么知足

## 瘟　神

红水河大道边上一间出租房
一位肺痨病人从早上五点咳到十一点
这个瘟神不捂臭嘴
咳个不停
把满肚子恶痰吐在城市黎明
快死去吧
去你的地狱吧
别给我们传播瘟疫
你这个瘟神

## 秋夜，你带给我梦

秋夜
天高
我靠住岸
靠在黄河母亲臂膀上
而你从河堤漫道向我走来
微笑相迎

秋夜
有你相伴
我凝神于黄河母亲
浅浅的皱纹般的波浪

秋夜
你带给我梦
卷起细细回味
轻携阵阵清香

## 琐事小记

你银铃般的笑声
穿透墙
穿透坚城
在耳边放大
然后还原
你放心
推销员
我干瘪的口袋
缺少钞票
甚或仅余几枚硬币
买不起昂贵天书和金箔画
它价值究竟几何
我相信你并不知情

## 献给爱人

心若无归宿
魂灵无处安息
推开尘世
来到郊外
我的声音在河流里燃烧
交融

三棵树组成一个男人
有了嗓音
在风中
嘶哑
坠落

原本我打算
把自己献给荒原
先做一粒种子
生根出芽抽叶开花
直到花落凋零
我却发现自己已经
献给爱人

## 让我陪你一段寒冬

当病魔不再离开
当生命被宣告即将终结
你是我的正月梨花
你是我的温暖阳光
我多想为你微笑一次
让你为我放弃沉重负担
我多想在你灿烂的阳光下深深呼吸

二月，迎春花鼓着饱满的芽
一洼残雪
无人惊动
亲爱的
可不可以
从现在开始
你是迎春二月
我是洼地里安静的雪
陪你一段寒冬

## 河　道

运沙船
鸣笛尖锐
群山回应
它就在眼前
可是我触摸不到
它用笔直的岩壁展现自己
拒绝亲近
包括像我这样的浪漫者

它的岸
如何横渡
自古以来
只有勇敢者才会追逐
为它奉献
我在河道上
不知蜿蜒在何处

## 致青青

从西西到妈妈到青青
足够维系我
让我爱过这一生
有时我会像一朵鲜花
绽放了
其实你就是我立身的花枝
给我营养和保护
在远走的年年月月
你是我身后淡定从容的慈母
谢谢你，青青

## 和你过清贫的日子

你的责怪我从不感觉是负担
你还不够严厉
我担心我不能独清

这世界诱惑无限
各种算计层出不穷
自私的语气咄咄逼人

不满的情绪自由发泄
夜生活也不干净
为父为母为子为女都需要挣钱挣钱

我虽然窘迫
有你牵手和护佑
我不会滋长贪心

和你过清贫的日子
我感到幸福
安心

## 因为你

亲爱的，你像一道绿篱
守护我
守护山坡上我们茂盛的果园
我是那座房子
你是那道蜿蜒绿篱
我们生活恰是果园情景
没有丰硕满山
却趣意无限
却淡淡地自然
一年四季花香水清
为什么我依旧对你充满爱意
因为你
是守护我心灵的绿篱

## 不自语

站在窗前
透过昏暗夜色
等远方
等一个电话
等一声熟悉问候
别的
我并不多想

## 我不想外出……

你经常询问我在哪里
我习惯了你的口吻
我知道你最不喜欢我虚度光阴
四处约会或者饮酒卡拉 OK
我立下重誓
鞭挞曾经一度消沉的灵魂
现在，我完全安立于个人的世界
哪儿都不去
也不用去
这窗外到处充斥隐患和危险
盗贼游弋
“粉仔”像幽灵
骗子隐藏很深
我习惯守着滨江园孤静的小屋
我不想外出……

## 稻　田

十一月，象州
柳江边上的小城
金黄一片
丰收的土地
总在繁忙
黛色的山落在远处

尤其这黄昏下
山更加稳重
稻田被微微托起
敬献太阳之神
我的心思随晚风阵阵
像稻田高高低低

## 我在等待什么？

没有多的人
只有两块石头
不愿意走
因为沉浮
因为这是人间
我渴求生存
我活着
目的不是去神农架拜访近亲的野人
也不是寻访沙漠之舟傲慢的仙人掌

我开始跋涉
开始品味百草
“外卖，外卖。”
单调的外卖让人间营养缺乏
伶仃的公园散步催人孤愁
我在等待什么？
日趋老死
死而无价
我在等待什么？
沧桑世道变幻无常

## 春　色

把春色收入眼底
鱼儿在哪里自由自在觅食？
春江美天空美
谁紧张的心思盛进鱼篓
江中
鱼儿脱了钩
游远
江岸站着孤独的我和
丛生竹

草束在江中漂荡随波
鲜花开在江之南北
雨花挂满天空
游客来去

拾走的
只一点一滴春色
他们欣然赞美
心满意足

我祈求和平
我祈求早晨宁静景色美艳
植物、动物、群山、河流重见光明
巨大古树
用苍老板根
让天地挺拔
百年、五百年
这个世界忍受天灾人祸
幸福而痛苦地
敞开胸襟
谁幸福
谁依靠
我心中的春色

## 起　飞

等待一种远方消息
心神不宁
忽左忽右的风吹斜枝头
人们不以为意
而我却如身陷深渊
马达嗒嗒
不在前方
不在后方
在心之所在
别了
腾冲

## 致懒汉

撞了南墙不肯回头
聚商人和政客光环于一身的你
究竟有什么来头
你想到达何种光辉
由你向玉帝倾诉求他赐予吧
天庭楼宇是不是奢华
你是自由的
任你去巡视一番
御驾七彩车舆
左有凤右有麒麟
前有神马后有雄龙

所有帝王享受的仪仗
你可以安排妥当荣华享受
去吧
牢牢抓住马缰

## 再致艾丁湖

十年前我已给艾丁湖致意
我们每步平凡的脚步
都与它有关系
它在最低最低的低处
衬托了大陆雄伟挺拔
从不表功更不积怨

## 不归的海子

多少次在梦里呼唤
海子，回来，回来
他二十六岁的生命如此沉重
即使我们多么需要他
为诗歌殿堂增添华章
他都加以谢绝
不肯重新归来

## 秋　收

双轮木板车碾压过秋天
秋天的身后
留下平行的原野
西瓜　稻谷　花生　柑橘　柿子
该成熟的一一成熟
车辙清晰地留在泥土路上
这秋天的印记
像父亲赤脚的老茧
像母亲眼角的皱纹
我们身卧树荫下
仔细打量晒坪挤着丰满的谷粒
秋天
无人看护
江南
村庄
果实悬挂
像半空的月亮

## 天空越来越痛

城市越来越臃肿
病态恹恹
双眼迷蒙
用不用给城市配几组柜子
收藏杂乱街市
锁住暴力、抢劫、偷窃、强奸和泄愤

## 短暂的丰盛河水

河水将越过我的虎背熊腰
河水将淹没我的头颅

在九月
我要沉身江底
寻找美丽新娘
也许她藏身龙宫
也许她藏身潭穴
也许她是龙女
也许她是神妖化变女儿身

在九月
新世界
我遇到河伯
河伯并不为我道喜而来
河伯冲着我大喊大叫

“老迈诗人
快走，赶快走
快回去吧
哪里来哪里去
在这大江大河
我找不到家了
更何况是你
——老迈的诗人”

## 马兰花

马兰花
跳童舞
三根小辫向天冲
不管风
不管雨
星空做伴手为鼓
来年嫁人不求啥
马兰开花快回家

## 面对天空许个愿

面对天空许个愿
湖泊宽阔
芦苇无边
让丹顶鹤自由自在
让天鹅悠闲飞来
雨水占领大地
一阵微笑穿透大地
为什么天庭无动于衷
天空太窄小
我的心愿夭折
在胡同口

## 红水河，大湾玉

高山因一朵鲜花流彩
河流因一块石头流芳
沉睡千万年
你来自哪股岩熔
你来自哪次火山喷发
身怀一缕柔情令我倾醉
深不可测红水河底
你登峰造极
孤芳如玉

## 让我们仅仅在兰州作短暂停留

到了兰州
那里都不用去了
臬兰山的兄弟
邀请我们住下
让我们仅仅在兰州作短暂停留
品尝牛肉面
与老朋友见见面
听听金城故事
走走沙漠之边
而在寂寞的陌生城市
寻找依靠需要巨大勇气
这一生要走过多少陌生之城
这一生要经历多少痛苦之旅

## 和平年代有什么事值得我们忧虑

人可以孤傲
但不可以冷漠

祖国的航船驶向文明
我们生活的物质优于过去各朝各代

王国巨大
桥梁巨长

车马急速
物丰财盛

虽然贫困仍然困惑当局者
百姓享受着天下安态

令我忧虑的是
如今孤傲的绅士淑女为数甚少

冷漠的众生拥挤如潮
我们的世界需要孤傲的人

## 我是山边的土包子

你给我红山果
而我只种植了桃金娘
贫瘠
干旱
无声无语
我像桃金娘一样守在一旁

我是山边的土包子
不能为你遮风挡雨
我只是你视野中低矮小丘上一株桃金娘
我落驻你身边
看你往来为你守候
哪一天
你走了
踩一踩脚下土
你的土包子永远在这里守候

每个夜晚我可以对星星诉说
每个黎明我可以笑迎朝霞
我努力找到种子
为的是多拥有一片绿野
吸引住你的目光

## 我确定我一定要离开

死，可以的
　　可以的
守到天明
等着千里外钟声
惊醒迷茫魂灵
河流是一列火车
沿着古老道路
向东
无拘无束
我的爱微不足道
这世间等爱的手万万双
我的手
左手
断了
政治没有漩涡
只是深海
任何游不好的人
都将葬身
（对一次分手何必担忧，我总是要面对死亡的，总会有那么一天。）

## 期盼天亮起来

莫名的泪水
在夜幕下
滴进回忆的酒杯里
我将用它与时间干杯
我将用它与往事告别
为欣喜
为绝情
为无义
为与昨天划界

我早早起来
五点出发
独自一人
走
走出黑暗去